이상   날개·봉별기·단발

종이
섬

날개·봉별기·단발

1판 1쇄 인쇄　2017년 6월 9일
1판 1쇄 발행　2017년 6월 22일

지은이　이상
사진　이하영

펴낸이　박철준
펴낸곳　종이섬

등록　제410-2016-000111호(2016년 6월 17일)
전화　02-325-6743
팩스　02-324-6743
전자우편　paper-is-land@naver.com
편집　김다미, 김나연
초출본 원고 정리　김나현
디자인　스튜디오 오와이이

종이섬은 갈대상자, 찰리북의 임프린트입니다.
ISBN 978-89-94368-66-5 03810

이 도서의 국립중앙도서관 출판시도서목록(CIP)은
서지정보유통지원시스템 홈페이지(http://seoji.nl.go.kr)와
국가자료공동목록시스템(http://www.nl.go.kr/kolisnet)에서
이용하실 수 있습니다.(CIP제어번호 : CIP2017012446)

일러두기

1. 모든 작품은 처음 발표된 잡지 수록본을 근거로 한다.
2. 발표 당시 원전의 표기법을 살리나, 몇 군데 빠진 마침표와 탈자를 살렸고, 띄어쓰기는 현행 맞춤법대로 고쳤다.
3. 한자는 모두 한글로 고쳤고 필요한 경우에만 병기했다.
4. 필요한 경우 각주를 통해 어휘의 의미를 밝혔다.

날개

「박제가 되어버린 천재」를 아시오? 나는 유쾌하오。이런 때 연애까지가 유쾌하오。

육신이 흐느적흐느적하도록 피로했을 때만 정신이 은화처럼 맑소。니코틴이 내 회ㅅ배 앓는 배ㅅ속으로 슴이면 머리속에 의례히 백지가 준비되는 법이오。그 웋에다ː 나는 윗트와 파라독스를 바둑 포석처럼 느러놓ㅅ오。가공할 상식의 병이오。

위에다.

나는 또 여인과 생활을 설계하오。연애기법에마자 서먹서먹해진, 지성의 극치를 흘낏 좀 드려다본 일이 있는 말하자면 일종의 정신분일자 말이오。이런 여인의 반半—그것은 온갖 것의 반이오—만을 영수하는 생활을 설계한다는 말이오。그런 생활 속에 한 발만 드려놓고 흡사 두 개의 태양처럼 마조 처다보면서 낄낄거리는 것이오。나는 아마 어지간히 인생의 제행이 싱거워서 견댈 수가 없게쯤 되고 그만둔 모양이오。꿈ㅅ 빠이。

꾿 빠이. 그대는 있다금 그대가 제일 실여하
는 음식을 탐식하는 아일로니^{아이러니(irony).}를 실천해보는
것도 좋을 것 같스오. 윗트와 파라독스와……

그대 자신을 위조하는 것도 할 만한 일이
오. 그대의 작품은 한 번도 본 일이 없는 기성
품에 의하야 차라리 경편하고 고매하리다.

십구 세기는 될 수 있거든 봉쇄하야버리오.
도스토에프스키 정신이란 자칫하면 낭비인 것
같스오, 유―고―^{빅토르 위고.}를 불란서의 빵 한 조각이라
고는 누가 그랬는지 지언인 듯싶스오. 그렇나
인생 혹은 그 모형에 잇어서 띠테일 때문에 속
는다거나 해서야 되겠오? 화禍를 보지 마오.
부디 그대께 고하는 것이니……

(테잎이 끊어지면 피가 나오. 상차기^{생채기.}도 머
지 안아 완치될 줄 믿스오. 꾿 빠이.)

감정은 어떤 포―스^{포즈(pose).}. (그 포―스의 소素만
을 지적하는 것이 아닌지나 모르겠오) 그 포―
스가 부동자세에까지 고도화할 때 감정은 딱
공급을 정지합네다.

8

나는 내 비범한 발육을 회고하야 세상을 보는 안목을 규정하얏오.

여왕봉과 미망인—세상의 허고많은 여인이 본질적으로 임이; 미망인 아닌 이가 잇으리까? 아니! 여인의 전부가 그 일상에 있어서 개개「미망인」이라는 내 논리가 뜻밖에도 여성에 대한 모독이 되오? 꾿 빠이.

그 삼십삼번지라는 것이 구조가 흡사 유곽이라는 느낌이 없지 않다. 한 번지에 십팔가구가 죽— 어깨를 맞대고 느러서서 창호가 똑같고 아궁지 모양이 똑같다. 게다가 각 가구에 사는 사람들이 송이송이 꽃과 같이 젊다. 해가 들지 않는다. 해가 드는 것을 그들이 모른 체하는 까닭이다. 턱살밑에다 철줄을 매고 얼눅진 이부자리를 너러 말닌다는 핑게로 미다지에 해가 드는 것을 막아버린다. 침침한 방 안에서 낮잠들을 잔다. 그들은 밤에는 잠을 자지 않나? 알ㅅ수 없다. 나는 밤이나 낮이나 잠만 자느라고 그런 것은 알ㅅ길이 없다. 삼십삼번지 십팔

9

가구의 낮은 참 조용하다.

조용한 것은 낮뿐이다. 어둑어둑하면 그들은 이부자리를 거더 드린다. 전등ㅅ불이 켜진 뒤의 십팔가구는 낮보다 훨신 화려하다. 저므도록 미다지 여닫는 소리가 잦다, 바뻐진다. 여러 가지 내음새가 나기 시작한다. 비웃[*청어.*] 굽는 내 탕고도─란[*당시 화장품 상표. 백분보다 진한 일종의 파운데이션.*] 내 뜸물 내 비누ㅅ내……

그렇나 이런 것들보다도 그들의 문패가 제일로 고개를 끄떡이게 하는 것이다. 이 십팔가구를 대표하는 대문이라는 것이 일각[*일각대문.*]이 저서 외따로 떨어지기는 했으나 있다. 그렇나 그[*대문간이 따로 없어 좌우에 기둥을 하나씩 세우고 문짝을 단 대문.*]것은 한 번도 닫힌 일이 없는 행길이나 마창가지 대문인 것이다. 왼갖 장사아치들은 하로 가운데 어는[*어느.*] 시간에라도 이 대문을 통하야 드나들 수가 있는 것이다. 이네들은 문ㅅ간에서 두부를 사는 것이 아니라 미다지만 열고 방에서 두부를 사는 것이다. 이렇게 생긴 삼십삼번지 대문에 그들 십팔가구의 문패를 몰아다 부치는 것은 의미가 없다. 그들은 어느사이엔가 각

10

미닫이 우¦ 백인당이니 길상당이니 써 부친 한
위.
곁에다 문패를 부치는 풍속을 갖어버렸다。

　내 방 미다지 우 한 곁에 칼표¦ 딱지를 넷에
당시 담배 상표.
다 낸 것¦만 한 내— 아니! 내 안해의 명함이
4등분한 것.
붙어 있는 것도 이 풍속을 좋은 것이 아닐ㅅ수
없다。

　나는 그러나 그들의 아모와도 놀지 않는다。
놀지 안을 뿐만 아니라 인사도 않는다。 나는 내
안해와 인사하는 외에 누구와도 인사하고 싶지
않았다。

　내 안해 외의 다른 사람과 인사를 하거나 놀

거나 하는 것은 내 안해 낯을 보아 좋지 않은 일인 것만 같이 생각이 들었기 때문이다. 나는 이만큼까지 내 안해를 소중히 생각한 것이다.

내가 이렇게까지 내 안해를 소중히 생각한 까닭은 이 삼십삼번지 십팔가구 가운데서 내 안해가 내 안해의 명함처럼 제일 적고 제일 아름다운 것을 안 까닭이다. 십팔가구에 각기 빌녀 들은 송이송이 꽃들 가운데서도 내 안해 는 특히 아름다운 한 떨기의 꽃으로 이 함석집 웅 밑 볕¹ 안 드는 지역에서 어디까지든지 찬란

¹ 별.

하였다. 따라서 그런 한 떨기 꽃을 직히고— 아 니 그 꽃에 매어달녀 사는 나라는 존재가 도모 지 형언할 수 없는 거북ㅅ살스러운 존재가 아 닐 수 없었든 것은 물론이다.

나는 어데까지든지 내 방이—집이 아니다. 집은 없다.—마음에 들었다. 방 안의 기온은 내 체온을 위하야 쾌적하였고 방 안의 침침한 정 도가 또한 내 안력을 위하야 쾌적하였다. 나는

내 방 이상의 서늘한 방도 또 따뜻한 방도 히망하지는 않았다. 이 이상으로 밝거나 이 이상으로 안윽한 방을 원하지 않았다. 내 방은 나 하나를 위하야 요만한 정도를 꾸준히 직히는 것 같아 늘 내 방이 감사하였고 나는 또 이런 방을 위하야 이 세상에 태어난 것만 같아서 즐거웠다.

그러나 이것은 행복이라든가 불행이라든가 하는 것을 게산하는 것은 아니었다. 말하자면 나는 내가 행복되다고도 생각할 필요가 없었고 그렇다고 불행하다고도 생각할 필요가 없었다. 그냥 그날그날을 그저 까닭 없이 펀둥펀둥 게을느고만 있으면 만사는 그만이였든 것이다.

내 몸과 마음에 옷처럼 잘 맞는 방 속에서 딩굴면서 축 처저 있는 것은 행복이니 불행이니 하는 그런 세속적인 게산을 떠난 가장 편리하고 안일한 말하자면 절대적인 상태인 것이다. 나는 이런 상태가 좋았다.

이 절대적인 내 방은 대문ㅅ간에서 세어서

13

똑— 일곱째 칸이다. 럭키쎄분의 뜻이 없지 않
다. 나는 이 일곱이라는 숫자를 훈장처럼 사랑
하였다. 이런 이 방이 가운데 장지로 말미암아
두 칸으로 난호여 있었다는 그것이 내 운명의
나뉘어.
상증이었든 것을 누가 알랴?
상징.

　아랫방은 그래도 해가 든다. 아츰결에 책보
만 한 해가 들었다가 오후에 손수건
만 해지면서 나가버린다. 해가 영영
들지 안는 웃방이 즉 내 방인 것은
말할 것도 없다. 이렇게 볕 드는 방이
안해 해이오 볕 안 드는 방이 내 방
것이오.
이오 하고 안해와 나 둘 중에 누가 정
했는지 나는 기억하지 못한다. 그러
나 나에게는 불평이 없다.
　안해가 외출만 하면 나는 얼는 아
랫방으로 와서 그 동쪽으로 난 들
창을 열어놓고 열어놓면 드려 비치는
볕살이 안해의 화장대를 비처 가지각

14

색 병들이 아롱이지면서 찬란하게 빛나고 이렇게 빛나는 것을 보는 것은 다시 없는 내 오락이다. 나는 조꼬만 「돋뵈기」를 끄내갖이고 안해만이 사용하는 지리가미╂를 끄실너가면서 불작난을 하고 논다. 평행 광선을 굴절식혀서 한 초점에 몽아갖이고 고 초점이 따끈따끈해지다가 마즈막에는 조히╂를 끄실느기 시작하고 가

지리가미(休紙): 휴지.

종이.

느다란 연기를 내이면서 드디어 구녕을 뚫어놓는 데까지에 니르는 고 얼마 안 되는 동안의 초조한 맛이 죽고 싶을 만치 내게는 재미있었다.

이 작난이 실증이 나면 나는 또 안해의 손잽이 거울을 갖이고 여러 가지로 논다. 거울이란 제 얼골을 비칠 때만 실용품이다. 그외 경우에는 도모지 작난감인 것이다.

이 작난도 곳 실증이 난다. 나의 유희심은 육체적인 데서 정신적인 데로 비약한다. 나는 거울을 내던지고 안해의 화장대 앞으로 가까이 가서 나란히 늘어놓인 고 가지각색의 화장품 병들을 드려다본다. 고것들은 세상의 무엇보다도 매력적이다. 나는 그중의 하나만을 골라서 가만히 마개를 빼고 병ㅅ구녕을 내 코에 갖어다 대이고 숨죽이듯이 가벼운 호흡을 하야본다. 이국적인 쎈슈알¹한 향기가 폐로 숨여들면 나는 제절로 스르르 감기는 내 눈을 느낀다. 확실히 안해의 체취의 파편이다. 나는 도로 병마개를 막고 생각해본다. 안해의 어느 부분에서

¹ 쎈슈얼(sensual).

16

요 내음새가 났든가를…… 그러나 그것은 분명치 않다. 왜? 안해의 체취는 요기 늘어섰는 가지각색 향기의 합게일 것이니까.

안해의 방은 늘 화려하였다. 내 방이 벽에 못 한 개 꼬치지 않은 소박한 것인 반대로 안해 방에는 천정 밑으로 쫙 몰려 못이 박히고 못마다 화려한 안해의 치마와 저고리가 걸렸다. 여러 가지 문의가 보기 좋다. 나는 그 여러 조각의 치마에서 늘 안해의 동체와 그 동체 될 수 있는 여러 가지 포—스를 연상하고 연상하면서 내 마음은 늘 점잖지 못하다.

무늬.

몸체.

그렇것만 나에게는 옷이 없었다. 안해는 내게는 옷을 주지 않았다. 입고 있는 콜텐 양복

17

한 벌이 내 자리옷이였고 통상복과 나드리옷을 겸한 것이었다. 그리고 하이넥크의 쎄—타¹가 한 조각 사철을 통한 내 내의다. 그것들은 하나같이 다 빛이 검ㅅ다. 그것은 내 짐작 같아서는 즉 빨내를 될 수 있는 데까지 하지 않아도 보기 싫지 않도록 하기 위한 것이 아닌가 한다. 나는 허리와 두 가랭이 세 군데 다— 꼬무밴드가 끼워 있는 부드러운 사루마다²를 입ㅅ고 그리고 아모 소리 없이 잘 놀았다.

¹ 스웨터.

² 사루마다(中股): 일본식 속옷.

어느듯 손수건만 해졌든 볓이 나갔는데 안해는 외출에서 도라오지 않는다. 나는 요만 일에도 좀 피곤하였고 또 안해가 도라오기 전에 내 방으로 가 있어야 될 것을 생각하고 그만 내 방으로 건너간다. 내 방은 침침하다. 나는 이불을 뒤집어쓰고 낮잠을 잔다. 한 번도 걷은 일이 없는 내 이부자리는 내 몸둥이의 일부분처럼 내게는 참 반갑ㅅ다. 잠은 잘 오는 적도 있다. 그러나 또 전신이 까칫까칫하면서 영 잠이

오지 않는 적도 있다. 그런 때는 아모 제목으로
나 제목을 하나 골라서 연구하였다. 나는 내 좀
축축한 이불 속에서 참 여러가지 발명도 하였
고 논문도 많이 썼다. 시도 많이 지었다. 그러
나 그것들은 내가 잠이 드는 것과 동시에 내 방
에 담겨서 철철 넘치는 그 흐늑흐늑한 공기에
다— 비누처럼 풀어저서 온데간데가 없고 한잠
자고 깨인 나는 속이 무명 헌겁이나 메밀 껍질
로 땡땡찬 한 덩어리 벼개와도 같은 한 벌 신
경이었을 뿐이고 뿐이고 하였다.

<small>메밀.</small>
<small>베개.</small>

　　그리기에 나는 빈대가 무었보다도 싫였다.
그렇나 내 방에서는 겨울에도 몇 마리식의 빈

19

대가 끊이지 않고 나왔다. 내게 근심이 있었다면 오즉 이 빈대를 미워하는 근심일 것이다. 나는 빈대에게 물녀서 가려운 자리를 피가 나도록 긁었다. 쓰라리다. 그것은 그윽한 쾌감에 틀님없었다. 나는 혼곤히 잠이 든다.

나는 그러나 그런 이불 속의 사색생활에서도 적극적인 것을 궁리하는 법이 없다. 내게는 그럴 필요가 대체 없었다. 만일 내가 그런 좀 적극적인 것을 궁리해내었을 경우에 나는 반듯이 내 안해와 의논하야야 할 것이고 그러면 반듯이 나는 안해에게 꾸즈람을 들을 것이고─ 나는 꾸즈람이 무서웠다는이보다도 성가셨다. 내가 제법 한 사람의 사회인의 자격으로 일을 해보는 것도, 안해에게 사살_{사설.}듣는 것도.

나는 가장 게을는 동물처럼 게을는 것이 좋았다. 될 수만 있으면 이 무의미한 인간의 탈을 버서버리고도 싶었다.

나에게는 인간 사회가 스스로웠다._{낯설었다.} 생활이 스스로웠다. 모도_{모두.}가 서먹서먹할 뿐이었다.

안해는 하로에 두 번 세수를 한다. 나는 하로 한 번도 세수를 하지 않는다. 나는 밤ㅅ중 세 시나 네 시 해서 변소에 갔다 달이 밝은 밤에는 한참식 마당에 우둑허니 섰다가 들어오곤 한다. 그렇니까 나는 이 십팔가구의 아모와도 얼골이 마조치이는 일이 거이 없다. 그렇면서도 나는 이 십팔가구의 젊은 녀인네 얼골들을 거반 다 기억하고 있었다, 그들은 하나같이 내 안해만 못하였다.

열한 시쯤 해서 하는 안해의 첫 번 세수는 좀 간단하다. 그러나 저녁 일곱 시쯤해서 하는 두 번째 세수는 손이 많이 간다. 안해는 낮에보다도 밤에 더 좋고 깨끗한 옷을 입는다. 그리고 낮에도 외출하고 밤에도 외출하었다.

안해에게 직업이 있었든가? 나는 안해의 직업이 무엇인지 알 수 없다. 만일 안해에게 직업이 없었다면 같이 직업이 없는 나처럼 외출할 필요가 생기지 않을 것인데— 안해는 외출한다. 외출할 뿐만 아니라 래객이 많다. 안해에게 래객이 많은 날은 나는 왼종일 내 방에서 이불을 쓰고 누어 있어야만 된다. 불작난도 못 한다. 화장품 내음새도 못 맡는다. 그런 날은 나는 의식적으로 우울해하였다. 그렇면 안해는 나에게 돈을 준다. 오십 전짜리 은화다. 나는 그것이 좋았다. 그러나 그것을 무엇에 써야 옳을지 몰라서 늘 머리맡에 던저두고 두고 한 것이 어느 결에 뭉여서 꽤 많아졌다. 어느 날 이 것을 본 안해는 금고처럼 생긴 벙어리를 사다 준다. 나는 한 푼식 한 푼식 고 속에 넣고 열쇠는 안해가 갖어갔다. 그 후에도 나는 더러 은화를 그 벙어리에 넣은 것을 기억한다. 그리고 나는 게을렀다. 얼마 후 안해의 머리 쪽에 보지 못하든 누깔잠¹이 하나 여드름처럼 돋았든 것

¹ 끝에 눈알(누깔)처럼 둥근 구슬 장식이 달린 비녀(簪).

은 바로 그 금고형 벙어리의 무게가 가벼워졌다는 증거일까. 그러나 나는 드디어 머리맡에 놓였든 그 벙어리에 손을 대이지 않고 말았다. 내 게을름은 그런 것에 내 주의를 환기식히기도 싫었다.

22

안해에게 래객이 있는 날은 이불 속으로 암만 깊이 들어가도 비 오는 날만큼 잠이 잘 오지는 않았다. 나는 그런 때 안해에게는 왜 늘 돈이 있나 왜 돈이 많은가를 연구했다.

래객들은 장지 저쪽에 내가 있는 것은 몰으나 보다, 내 안해와 나도 좀 하기 어려운 롱을 아조 서슴ㅅ지않고 쉽ㅅ게 해 내던지는 것이다. 그러나 내 안해를 가운데[^맥락] 서너 사람의 래객들은 늘 비교적 점잖았다고 볼 수 있는 것이 자정이 좀 지나면 의례히 도라들 갔다. 그들 가운데는 퍽 교양이 옅은 자도 있는 듯싶었는데 그런 자는 보통 음식을 사다 먹고 논다. 그래서 보충을 하고 대체로 무사하였다.

[^맥락]: 맥락상 '아내를 찾아오는'.

나는 위선 내 안해의 직업이 무었인가를 연구하기에 착수하였으나 좁은 시야와 부족한 지식으로는 이것을 알아내이기 힘이 든다. 나는 끝끝내 내 안해의 직업이 무엇인가를 모르고 말야나 보다.

안해는 늘 진솔보선[^보선]만 신었다. 안해는 밥

[^보선]: 한 번도 빨지 않은 새것 그대로의 버선.

23

도 지었다. 안해가 밥 짓는 것을 나는 한 번도 구경한 일은 없으나 언제든지 끼니때면 내 방으로 내 조석밥을 날라다주는 것이다. 우리 집에는 나와 내 안해 외에 다른 사람은 아모도 없다. 이 밥은 분명히 안해가 손수 지었음에 틀림없다.

그러나 안해는 한 번도 나를 자기 방으로 부른 일이 없다. 나는 늘 웃방에서 나 혼자서 밥을 먹고 잠을 잣다. 밥은 너무 맛이 없었다. 반찬이 너무 엉성하였다. 나는 닭이나 강아지처럼 말없이 주는 모이를 넙적넙적 바다먹기는 했으나 내심 야속하게 생각한 적도 더러 없지 않다. 나는 안색이 여지없이 창백해가면서 말러 드러갔다. 나날이 눈에 보이듯이 기운이 줄어들었다. 영양부족으로 하야 몸둥이 곳곳이 뼈가 불숙불숙 내어밀었다. 하룻밤 사이에도 수십 차를 돌처눕지 않고는 여기저기가 백여서 나는 백여내일 수가 없었다.

그렇기 때문에 나는 내 이불 속에서 안해가

늘 흔히 쓸 수 있는 저 돈의 출처를 탐색해보는 일변 장지 틈으로 새어나오는 아래ㅅ방의 음식은 무었일까를 간단히 연구하였다. 나는 잠이 잘 안 왔다.

깨달았다. 안해가 쓰는 돈은 그 내게는 다만 실없은 사람들로밖에 보이지 않는 까닭 모를

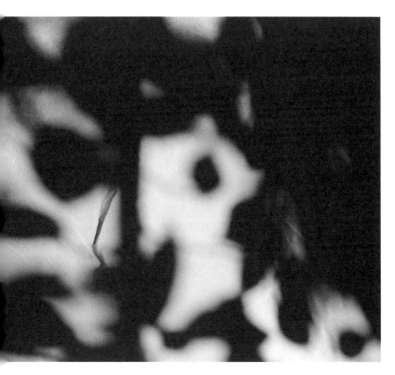

래객들이 놓고 가는 것에 틀님없으리라는 것을 나는 깨달았다. 그러나 왜 그들 래객은 돈을 놓고 가나 왜 내 안해는 그 돈을 바다야 되나 하는 예의 관념이 내게는 도모지 알 수 없는 것이었다.

그것은 그저 예의에 지나지 않는 것일까. 그렇지 안으면 혹 무슨 대까일까 보수일까. 내 안해가 그들의 눈에는 동정을 받어야만 할 한 가없은 인물로 보였든가.

이런 것들을 생각하노라면 의례히 내 머리는 그냥 혼란하야버리고 버리고 하였다. 잠들기 전에 획득했다는 결논이 오즉 불쾌하다는

것뿐이었으면서도 나는 그런 것을 안해에게 물어보거나 할 일이 참 한 번도 없다. 그것은 대체 귀찮기도 하려니와 한잠 자고 일어나는 나는 사뭇 딴사람처럼 이것도 저것도 다 깨끗이 잊어버리고 그만두는 까닭이다.

래객들이 돌아가고, 혹 밤외출에서 도라오고 하면 안해는 경편한 것으로 옷을 바꾸어 입고 내 방으로 나를 찾아온다. 그리고 이불을 들치고 내 귀에는 영 생동생동한 몇 마디 말로 나를 위로하려든다. 나는 조소도 고소도 홍소도 아닌 우숨을 얼골에 띠우고 안해의 아름다운 얼골을 처다본다. 안해는 방그레 웃는다. 그러나 그 얼골에 떠도는 일말의 애수를 나는 놓지지 않는다.

안해는 능히 내가 배곯아 하는 것을 눈치채일 것이다. 그러나 아래ㅅ방에서 먹고 남은 음식을 나에게 주려들지는 않는다. 그것은 어디까지든지 나를 존경하는 마음일 것임에 틀님없다. 나는 배가 곯으면서도 저윽이 마음이 든든

27

한 것을 좋아했다. 안해가 무었이라
고 지꺼리고 갔는지 귀에 남아 있을
리가 없다. 다만 내 머리맡에 안해가
놓고 간 은화가 전등ㅅ불에 흐릿하게
빛나고 있을 뿐이다.

고 금고형 벙어리ㅅ속에 고 은화가
얼마큼이나 뫃였을까. 나는 그러나
그것을 처들어보지 않았다. 그저 아
모런 의욕도 기원도 없이 그 단초구
녕¹처럼 생긴 틈사구니로 은화를 드

1 단춧구멍.

러트려둘 뿐이었다.

왜 안해의 래객들이 안해에게 돈을 놓고 가
나 하는 것이 풀 수 없는 의문인 것 같이 왜 안
해는 나에게 돈을 놓고 가나 하는 것도 역시 나
에게는 똑같이 풀 수 없는 의문이었다. 내 비록
안해가 내게 돈을 놓고 가는 것이 싫지 않았다
하드라도 그것은 다만 고것이 내 손까락에 닿
는 순간에서부터 고 벙어리 주둥이에서 자취를

28

감초기까지의 하잘ㅅ것없는 짧은 촉각이 좋았
달 뿐이지 그 이상 아모 기쁨도 없다。

　어느 날 나는 고 벙어리를 변소에 갖다 넣어
버렸다。 그때 벙어리 속에는 몇 푼이나 되는지
는 몰겠으나 고 은화들이 꽤 들어 있었다。
　나는 내가 지구 우에 살며 내가 이렇게 살고
있는 지구가 질풍신뢰의 속력으로 광대무변의
공간을 달니고 있다는 것을 생각했을 때 참 허
망하였다。 나는 이렇게 부즈런한 지구 우에서
는 현기증도 날ㅅ것 같고 해서 한시 바삐 나려
버리고 싶었다。
　이불 속에서 이런 생각을 하고 난 뒤에는 나
는 고 은화를 고 벙어리에 넣고 넣고 하는 것조
차가 귀찮아졌다。 나는 안해가 손수 벙어리를
사용하였으면 하고 희망하였다。 벙어리도 돈도
사실에는 안해에게만 필요한 것이지 내게는 애
초부터 의미가 전연 없는 것이었으니까 될 수
만 있으면 그 벙어리를 안해는 안해 방으로 갖

어갔으면 하고 기다렸다. 그러나 안해는 갖어 가지 않는다. 나는 내가 안해 방으로 갖어다둘까 하고 생각하야보았으나 그즈음에는 안해의 래객이 원체 많어서 내가 안해 방에 가볼 기회가 도모지 없었다. 그래서 나는 하는 수 없이 변소에 갖다 집어넣어버리고 만 것이다.

나는 서글픈 마음으로 안해의 꾸즈람을 기다렸다. 그러나 안해는 끝내 아모 말도 나에게 묻지도 하지도 않았다. 않았을 뿐 아니라 여전히 돈은 돈대로 내 머리맡에 놓고 가지 않나? 내 머리맡에는 어느듯 은화가 꽤 많이 몽였다.

래객이 안해에게 돈을 놓고 가는 것이나 안해가 내게 돈을 놓고 가는 것이나 일종의 쾌감 — 그 외의 다른 아모런 리유도 없는 것이 아닐까 하는 것을 나는 또 이불 속에서 연구하기 시작하였다. 쾌감이라면 어떤 종류의 쾌감일까를 계속하야 연구하였다. 그러나 그것은 이불 속의 연구로는 알ㅅ길이 없었다. 쾌감 쾌감, 하고 나는 뜻밖에도 이 문제에 대해서만 흥미를 느꼈다.

안해는 물논 나를 늘 감금하야두다싶이 하야왔다. 내게 불평이 있을 리 없다. 그런 중에도 나는 그 쾌감이라는 것의 유무를 체험하고 싶었다.

나는 안해의 밤외출 틈을 타서 밖으로 나왔다. 나는 거리에서 잊어버리지 않고 가지고 나온 은화를 지폐로 바꾼다. 오 원이나 된다. 그것을 주머니에 넣고 나는 목적을 잃어버리기 위하야 얼마든지 거리를 쏘단였다. 오래간만에 보는 거리는 거의 경이에 가까울 만치 내 신경

을 흥분식히지 않고는 마지않았다. 나는 금시에 피곤하야버렸다. 그러나 나는 참았다. 그리고 밤이 이슥하도록 까닭을 잊어버린 채 이 거리 저 거리로 지향 없이 해매였다. 돈은 물논 한 푼도 쓰지 않았다. 돈을 쓸 아모 염두도 나스지 않았다. 나는 벌서 돈을 쓰는 기능을 완전히 상실한 것 같았다.

나는 과연 피로를 이 이상 견데기가 어려웠다. 나는 가까수로 내 집을 찾었다. 나는 내 방으로 가려면 안해 방을 통과하지 아니하면 안 될 것을 알고 안해에 래객이 있나 없나를 걱정하면서 미다지 앞에서 좀 거북ㅅ살스럽게 기침을 한 번 했드니 이것은 참 또 너무 암상스럽게 미다지가 열니면서 안해의 얼골과 그 등 뒤에 낫설은 남자의 얼골이 이쪽을 내다보는 것이다. 나는 별안간 내어쏟아지는 불빛에 눈이 부셔서 좀 머뭇머뭇했다.

나는 안해의 눈초리를 못 본 것은 아니다. 그렇나 나는 모른 체하는 수밖에 없었다. 왜?

33

나는 어쨌든 안해의 방을 통과하지 아니하면
안 되니까……

　나는 이불을 두집어썼다. 무엇보다도 다리
가 앞아서 견딜 수가 없었다. 이불 속에서는 가
슴이 울넝거리면서 암만해도 까무라칠 것만 같
았다. 걸을 때는 몰랐드니 숨이 차다. 등에 식
은땀이 쪽 내배인다. 나는 외출한 것을 후회하

였다. 이런 피로를 잊고 어서 잠이 들었으면 좋았다. 한잠 잘— 자고 싶었다.

얼마 동안이나 비스듬이 없드려 있었드니 차츰차츰 뚝딱거리는 가슴 동기가 가라앉는다. 그만해도 위선 살 것 같았다. 나는 몸을 돌처 반듯이 천정을 향하야 눕고 쭉— 다리를 뻗었다.

그렇나 나는 또다시 가슴의 동기를 피할 수 없게 되었다. 아래ㅅ방에서 안해와 그 남자의 내 귀에도 들니지 안을 만치 옅은 목소리로 소곤거리는 기척이 장지 틈으로 전하야 왔든 것이다. 청각을 더 예민하게 하기 위하야 나는 눈을 떴다. 그리고 숨을 죽였다. 그러나 그때는 벌서¹ 안해와 남자는 앉었든 자리를 툭툭 털며 이러섰고 이러스면서 옷과 모자 쓰는 기척이 하는 듯하드니 니어² 미다지가 열니고 구두 뒤축ㅅ소리가 나고 그리고 뜰

1. 벌써.
2. 이어.

에 나려스는 소리가 쿵 하고 나면서 뒤를 딿으는 안해의 고무신 소리가 두어 발자국 찍 찍 나고 사뿐사뿐 나나 하는 사이에 두 사람의 발소리가 대문ㅅ간 쪽으로 사라졌다.

나는 안해의 이런 태도를 본 일이 없다. 안해는 어떤 사람과도 결코 소근거리는 법이 없다. 나는 웃방에서 이불을 쓰고 누었는 동안에도 혹 술이 취해서 혀가 잘 돌아가지 않는 래객들의 담화는 더러 놓지는 수가 있어도 안해의 높지도 얕지도 안흔 말소리는 일즉이 한마디도 노처본 일이 없다. 더러 내 귀에 거슬니는 소리가 있어도 나는 그것이 태연한 목소리로 내 귀에 들렸다는 리유로 충분히 안심이 되었다.

그렇든 안해의 이런 태도는 필시 그 속에 여간하지 않은 사정이 있는 듯싶이 생각이 되고 내 마음은 좀 서운했으나 그렇나 그보다도 나는 좀 너무 피곤해서 오늘만은 이불 속에서 아모것도 연구치 않기로 굳게 결심하고 잠을 기다렸다. 잠은 좀처럼 오지 않았다. 대문ㅅ간에

36

나간 안해도 좀처럼 들어오지 않았다. 그러는 동안에 흐지부지 나는 잠이 들어버렸다. 꿈이 얼쑹덜쑹 종을 잡을 수 없는 거리의 풍경을 여전히 헤맸다.

　나는 몹이 흔들렸다. 래객을 보내고 드러온 안해가 잠든 나를 잡아 흔드는 것이다. 나는 눈을 번쩍 뜨고 안해의 얼골을 쳐다보았다. 안해의 얼골에는 우슴이 없다. 나는 좀 눈을 부비고 안해의 얼골을 자세히 보았다. 노기가 눈초리에 떠서 얇은 입술이 바르르 떨닌다. 좀처럼 이 노기가 풀니기는 어려울 것 같았다. 나는 그대로 눈을 감아버렸다. 벼락이 나리기를 기다린 것이다. 그러나 쌔근 하는 숨ㅅ소리가 나면서 푸시시 안해의 치맛자락 소리가 나고 장지가 여다치며 안해는 안해의 방으로 도라갔다. 나는 다시 몸을 돌처 이불을 두집어쓰고는 개구리처럼 업드리고, 업드려서 배가 곺은 가운데에도 오늘 밤의 외출을 또 한 번 후회하였다.

나는 이불 속에서 안해에게 사죄하였다. 그것은 네 오해라고……

나는 사실 밤이 퍽이나 이슥한 줄만 알았든 것이다. 그것이 네 말맛다나 자정 전인 줄은 나는 정말이지 꿈에도 몰랐다. 나는 너무 피곤하였었다. 오래간만에 나는 너무 많이 걸은 것이 잘못이다. 내 잘못이라면 잘못은 그것밖에는 없다. 외출은 왜 하였드냐고?

나는 그 머리맡에 제절로 뫃인 오 원ㅅ돈을 아모에게라도 좋으니 주어보고 싶었든 것이다. 그뿐이다. 그렇나 그것도 내 잘못이라면 나는 그렇게 알겠다. 나는 후회하고 있지 않나?

내가 그 오 원ㅅ돈을 써버릴ㅅ수가 있었든들 나는 자정 안에 집에 도라올 수 없었을 것이다. 그러나 거리는 너무 복잡하였고 사람은 너무도 들끓었다. 나는 어느 사람을 붓들고 그 오 원 돈을 내어주어야 할지 갈피를 잡을 수가 없었다. 그러는 동안에 나는 여지없이 피곤해버리고 말았든 것이다.

　나는 무엇보다도 좀 쉬고 싶었다. 눕고 싶었
다. 그래서 나는 하는 수 없이 집으로 도라온
것이다. 내 짐작 같아서는 밤이 어지간히 늦은
줄만 알았는데 그것이 불행히도 자정 전이었다
는 것은 참 안된 일이다. 미안한 일이다. 나는
얼마든지 사죄하야도 좋다. 그러나 종시 안해
의 오해를 풀지 못하였다 하면 내가 이렇게까
지 사죄하는 보람은 그럼 어디 있나? 한심하였
다.

　한 시간 동안을 나는 이렇게 초조하게 굴지
않으면 않 되었다. 나는 이불을 획 제처버리고
이러나서 장지를 열고 안해 방으로 비철비철

비철비철.

39

달녀갔든 것이다. 내게는 거의 의식이라는 것이 없었다. 나는 안해 이불 우에 없드러지면서 바지 포켙 속에서 그 돈 오 원을 끄내 안해 손에 쥐어준 것을 간신히 기억할 뿐이다.

잇흔날 잠이 깨였을 때 나는 내 안해 방 안해 이불 속에 있었다. 이것이 삼십삼번지에서 살기 시작한 이래 내가 안해 방에서 잔 맨 처음이였다.

해가 들창에 훨신 높았는데 안해는 임이 외출하고 벌서 내 곁에 있지는 않다. 아니! 안해는 엇저녁 내가 의식을 잃은 동안에 외출한 것인지도 모른다. 그러나 나는 그런 것을 조사하고 싶지 않았다. 다만 전신이 찌뿌두둑한 것이 손꾸락 하나 꼼짝할 힘조차 없었다. 책보보

다 좀 적은 면적의 볕이 눈이 부시다. 그 속에서 수없는 몬지가 흡사 미생물처럼 란무한다. 코가 칵 맥히는 것 같다. 나는 다시 눈을 감고 이불을 푹 뒤집어쓰고 낮잠을 자기에 착수하였다. 그렇나 코를 스치는 안해의 체취는 꽤 도발적이었다. 나는 몸을 여러 번 여러 번 비비 꼬면서 안해의 화장대에 늘어슨 고 가지각색 화

41

장품 병들과 고 병들이 마개를 뽑았을 때 풍기
든 내음새를 더듬느라고 좀처럼 잠은 들지 안
는 것을 나는 어찌하는 수도 없었다.

견디다 못하야 나는 그만 이불을 거더차고
벌떡 이러나서 내 방으로 갔다. 내 방에는 다 식
어빠진 내 끼니가 가즈런히 놓여 있는 것이다.
안해는 내 모이를 여기다 주고 나간 것이다. 나
는 위선 배가 곺았다. 한 수깔을 입에 떠 넣었
을 때 그 촉감은 참 너무도 냉회와 같이 써늘하
였다. 나는 수깔을 놓고 내 이불 속으로 드러갔
다. 하룻밤을 비어 때린 내 이부자리는 여전히
반갑게 나를 맞어준다. 나는 내 이불을 뒤집어
쓰고 이번에는 참 늘어지게 한잠 잣다. 잘—
    내가 잠을 깨인 것은 전등이 켜진 뒤다. 그
러나 안해는 아직도 도라오지 안았나 보다. 아
니! 들어왔다 또 나갔는지도 알 수 없다. 그러
나 그런 것을 삼고하야 무엇하나?
    여러 번 생각함.
    정신이 한결 난다. 나는 지난밤 일을 생각해

42

보았다. 그 돈 오 원을 안해 손에 쥐어주고 너머졌을 때에 느낄 수 있었든 쾌감을 나는 무엇이라고 설명할 수가 없었다. 그렇나 래객들이 내 안해에게 돈 놓고 가는 심리며 내 안해가 내게 돈 놓고 가는 심리의 비밀을 나는 알아내인 것 같아서 여간 즐거운 것이 아니다. 나는 속으로 빙그레 웃어보았다. 이런 것을 모르고 오늘까지 지내온 내 자신이 어떻게 우수꽝스러워 보이는지 몰랐다. 나는 억개춤¹이 났다.

<small>어깨춤.</small>

따라서 나는 또 오늘 밤에도 외출하고 싶었다. 그러나 돈이 없다. 나는 엇저녁에 그 돈 오 원을 한꺼번에 안해에게 주어버린 것을 후회하였다. 또 고 벙어리를 변소에 갖다 처넣어버린 것도 후회하였다. 나는 실없이 실망하면서 습관처럼 그 돈 오 원이 들어 있든 내 바지 포켙에 손을 넣어 한 번 휘둘러보았다. 뜻밖에도 내 손에 쥐어지는 것이 있었다. 이 원밖에 없다. 그러나 많아야 맞¹은 아니다. 얼마간이고 있으면 된다. 나는 그만한 것이 여간 고마운 것이 아니었다.

<small>맞.</small>

나는 기운을 얻었다. 나는 그 단벌 다 떨어진 콜텐 양복을 걸치고 배곺은 것도 주제 사나운 것도 다 잊어버리고 활개짓을 하면서 또 거리로 나섰다. 나스면서 나는 제발 시간이 화살 닫듯 해서 자정이 어서 획 지나버렸으면 하고 조바심을 태웠다. 안해에게 돈을 주고 안해 방

에서 자보는 것은 어디까지든지 좋았지만 만일 잘못해서 자정 전에 집에 들어갔다가 안해의 눈총을 맞는 것은 그것은 여간 무서운 일이 아니었다. 나는 저므도록 길가 시게를 드여다보고 드여다보고 하면서 또 지향 없이 거리를 방황하였다. 그러나 이날은 좀처럼 피곤하지는 않았다. 다만 시간이 좀 너무 더디게 가는 것만

같아서 안타까웠다.

경성역 시계가 확실히 자정이 지난 것을 본
뒤에 나는 집을 향하였다. 그날은 그 일각대문
에서 안해와 안해의 남자가 이야기하고 섰는
것을 맞났다. 나는 모른 척하고 두 사람 곁을 지
나서 내 방으로 들어갔다. 뒤니어 안해도 들어왔
다. 와서는 이 밤중에 평생 안 하든 쓰게질*을
하는 것이다. 조곰 있다가 안해가 눕는 기척을

<small>* 쓰레질. 비로 쓸어 깨끗하게 하는 일.</small>

듣자마자 나는 또 장지를 열고 안해 방으로 가
서 그 돈 이 원을 안해 손에 덥석 쥐어주고 그
리고—하여간 그 이 원을 오늘 밤에도 쓰지 않
고 도로 갖어온 것이 참 이상하다는 듯이 안해
는 내 얼골을 몇 번이고 엿보고—안해는 드디
어 아모 말도 없이 나를 자기 방에 재워주었다.
나는 이 기쁨을 세상의 무었과도 바꾸고 싶지
는 않았다. 나는 편이 잘 잣다.

잇흔날도 내가 잠이 깨었을 때는 안해는 보

46

이지 않았다. 나는 또 내 방으로 가서 피곤한 몸이 낮잠을 잣다.

내가 안해에게 흔들려 깨였을 때는 역시 불이 들어온 뒤였다. 안해는 자기 방으로 나를 오라는 것이다. 이런 일은 또 처음이다. 안해는 끊임없이 얼골에 미소를 띠우고 내 팔을 이끄는 것이다. 나는 이런 안해의 태도 리면에 엔간치 않은 음모가 숨어 있지나 않은가 하고 저윽히 불안을 느끼지 않을 수 없었다.

나는 안해의 하자는 대로 안해 방으로 끌녀 갔다. 안해 방에는 저녁 밥상이 조촐하게 차려저 있는 것이다. 생각하야보면 나는 잇흘을 굶었다. 나는 지금 배곺은 것까지도 깅가밍가 잊어버리고 어름어름하든 차다.

나는 생각하였다. 이 최후의 만찬을 먹고 나자마자 벼락이 나려도 나는 차라리 후회하지 않을 것을. 사실 나는 인간 세상이 너무나 심심해서 못 견디겠든 차다. 모든 일이 성가시고 귀찮았으나 그러나 불의의 재난이라는 것은 즐거

웁다.

나는 마음을 턱 놓고 조용히 안해와 마조 이 해괴한 저녁밥을 먹었다. 우리 부부는 이야기 하는 법이 없었다. 밥을 먹은 뒤에도 나는 말이 없이 그냥 부스스 이러나서 내 방으로 건너가 버렸다. 안해는 나를 붓잡지 않았다. 나는 벽에 기대어 앉아서 담배를 한 대 피어 물고 그리고 벼락이 떨어질 테거든 어서 떨어저라 하고 기 다렸다.

오 분! 십 분!—

그러나 벼락은 나리지 않았다. 긴장이 차츰 늘어지기 시작한다. 나는 어느듯 오늘 밤에도 외출할 것을 생각하고 있었다. 돈이 있었으면 하고 생각하고 있었다.

그러나 돈은 확실히 없다. 오늘은 외출하야도 나중에 올 무슨 기쁨이 있나. 나는 앞이 그냥 앗득하였다. 나는 화가 나서 이불을 뒤집어쓰고 이리 뎅굴 저리 뎅굴 굴렀다. 금시 먹은 밥이 목으로 작구 치밀어 올나온다. 메시꺼웠다.

하늘에서 얼마라도 좋으니 왜 지폐가 소낙비처럼 퍼붓지 않나, 그것이 그저 한없이 야속하고 슳었다. 나는 이렇게밖에 돈을 구하는 아모런 방법도 알지는 못했다. 나는 이불 속에서 좀 울었나 보다. 돈이 왜 없냐면서……

그랬드니 안해가 또 내 방에를 왔다. 나는 깜짝 놀라 아마 인제서야 벼락이 나리려나 보다 하고 숨을 죽이고 둑거비 모양으로 업데 있었다. 그렇나 떨어진 입을 새어나오는 안해의 말소리는 참 부드러웠다. 정다웠다. 안해는 내가 왜 우는지를 안다는 것이다. 돈이 없어서 그렇는 게 아니란다. 나는 실없이 깜짝 놀랬다. 어떻게 저렇게 사람의 속을 환—하게 드려다보는구 해서 나는 한편으로 슬그머니 겁도 않 나는 것은 아니였으나 저렇게 말하는 것을 보면 아마 내게 돈을 줄 생각이 있나 보다, 만일 그렇다면 오작하나 좋은 일일까. 나는 이불 속에 뚤뚤 말린 채 고개도 들지 않고 안해의 다음 거동을 기다리고 있으니까, 엣소—하고 내 머리맡에 내려뜨리는 것은 그 갭분한¹ 음향으로 보아 지폐에 틀림없었다. 그리고 내 귀에다 대이고 오늘을낭 어제보다도 좀 더 늦게 들어와도 좋다고 속삭이는 것이다. 그것은 어렵지 않다. 위선 그 돈이 무엇보다도 고맙고 반가웠다.

¹ 가뿐한.

어쨋든 나섰다. 나는 좀 야맹증이다. 그래서 될 수 있는 대로 밝은 거리로 골라서 도라단이기로 했다. 그리고는 경성역 일이등 대합실 한 곁 티—룸—²에를 들렀다. 그것은 내게는 큰 발견이었다. 거기는 위선 아모도 아는 사람이

² 카페.

않 온다, 설사 왔다가도 곳들 가니까 좋다。 나는 날마다 여기 와서 시간을 보내리라 속으로 생각하야 두었다。

제일 여기 시게가 어느 시게보다도 정확하리라는 것이 좋았다。 섯불니 서투른 시게를 보고 그것을 믿고 시간 전에 집에 도라갔다가 큰 코를 다처서는 않 된다。

나는 한 뽝스에 아모것도 없는 것과 마조

박스(box)。 테이블이 놓인 자리。

앉어서 잘 끌은 커피를 마셨다。 총총한 가운데 여객들은 그래도 한 잔 커피가 즐거운가 보다。 얼른얼른 마시고 무얼 좀 생각하는 것같이 담벼락도 좀 처다보고 하다가 곳 나가버린다。 서긇다。 그러나 내게는 이 서긇은 분위기가 거리의 티―룸―들의 그 거추장스러운 분위기보다는 절실하고 마음에 들었다。 있다금 들니는 날카로운 혹은 우렁찬 기적 소리가 모―찰트보다도 더 가깝다。 나는 메뉴에 적힌 몇 가지 않 되는 음식 일홈을 치읽ㅅ고 내리읽ㅅ고 여러 번 읽었다。 그것들은 아물아물한 것이 어딘가 내

어렸을 때 동모들 일홈과 비슷한 데가 있었다.

거기서 얼마나 내가 오래 앉았는지 정신이
오락가락하는 중에 객이 슬멋이 뜸—해지면서
이 구석 저 구석 거더치우기 시작하는 것을 보
면 아마 닫을 시간이 된 모양이다. 열한 시가
좀 지났구나 여기도 결코 내 안주의 곳은 아니
구나, 어디 가서 자정을 넘길가, 두루 걱정을

하면서 나는 밖으로 나섰다. 비가 온다. 빗발이 제법 굵은 것이 우비도 우산도 없는 나를 고생을 식힐 작정이다. 그랬다고 이런 괴이한 풍모를 체리고 이 홀—에서 어믈어믈하는 수는 없고 에이 비를 맞으면 맞었지 하고 나는 그냥 나서버렸다.

대단히 선선해서 견딜 수가 없다. 콜텐 옷이 졌기 시작하드니 나중에는 속속디리 숨여들면서 처근거린다. 비를 맞어가면서라도 견딜 수 있는 데까지 거리를 돌아단여서 시간을 보내려 하였으나 인제는 선선해서 이 이상은 더 견딜 수가 없다. 오한이 작구 일어나면서 이가 딱 딱 맞부딧는다.

나는 거름을 재치면서 생각하였다. 오늘 같은 궂은 날도 안해에게 래객이 있을나구. 없겠지 하는 생각이 드는 것이다. 집으로 가야겠다. 안해에게 불행히 래객이 있거든 내 사정을 하리라. 사정을 하면 이렇게 비가 오는 것을 눈으로 보고 알아주겠지.

부리낳게 와보니까 그렇나 안해에게는 래객이 있었다. 나는 그만 너무 춥고 척척해서 얼떨ㅅ김에 녹¹ 하는 것을 잊었다. 그래서 나는 보면 안해가 좀 덜 좋아할 것을 그만 보았다. 나는 갑발¹ 자족¹¹ 같은 발자족을 내이면서 덤벙덤벙 안해 방을 디디고 그리고 내 방으로 가서 쭉 빠진 옷을 활활 버서버리고 이불을 뒤썼다. 덜덜덜덜 떨닌다. 오한이 점점 더 심해 들어온다. 여전 땅이 꺼저 들어가는 것만 같았다. 나는 그만 의식을 잃어버리고 말았다.

¹ 노크(knock).
¹ 갑발. 버선 대신으로 발에 감은 좁고 긴 무명을 이르는 말.
¹¹ 자국.

잍은날 내가 눈을 떳슬 때 안해는 내 머리맡에 앉어서 제법 근심스러운 얼골이다. 나는 감기가 들었다. 여전히 으시시 춥고 또 골치가 앞으고 입에 군침이 도는 것이 쓸쓸하면서 다리 팔이 척 늘어저서 노곤하다.

안해는 내 머리를 쓱 집허보드니 약을 먹어야지 한다. 안해 손이 이마에 선뜩한 것을 보면 신열이 어지간한 모양인데 약을 먹는다면 해열제를 먹어야지 하고 속생각을 하자니까 안해는

54

따뜻한 물에 하얀 정제약 네 개를 준다. 이것 먹고 한잠 푹— 자고 나면 괜찮다는 것이다. 나는 널름 받아먹었다. 쌉싸름한 것이 짐작 같아서는 아마 아스피린인가 싶다. 나는 다시 이불을 쓰고 단번에 그냥 죽은 것처럼 잠이 들어버렸다.

나는 코ㅅ물을 훌쩍훌쩍하면서 여러 날을 앓았다. 앓른 동안에 끊이지 않고 그 정제약을 먹었다. 그렇는 동안에 감기도 나았다. 그러나 입맛은 여전히 소태처럼 썼다.

나는 차츰 또 외출하고 싶은 생각이 났다. 그러나 안해는 나다려 외출하지 말라고 이르는 것이다. 이 약을 날마다 먹고 그리고 가만히 누어 있으라는 것이다. 공연히 외출을 하다가 이렇게 감기가 들어서 저를 고생을 식히는 게 아니냔다. 그도 그렇다. 그럼 외출을 하지 않겠다고 맹서하고 그 약을 연복하야 몸을 좀 보해보리라고 나는 생각하였다.

나는 날마다 이불을 뒤집어쓰고 밤이나 낮

이나 잣다。 유난스럽게 밤이나 낮이나 졸녀서 견딜 수가 없는 것이다。 나는 이렇게 잠이 작구만 오는 것은 내가 몸이 휠신 튼튼해진 증거라고 굳게 믿었다。

나는 아마 한 달이나 이렇게 지냈나 보다。 내 머리와 수염이 좀 너무 자라서 후틋해서¹ 견딜 수가 없어서

¹ 좀 더워서.

내 거울을 좀 보리라고 안해가 외출한 틈을 타서 나는 안해 방으로 가서 안해의 화장대 앞에 앉어보았다。 상당하다。 수염과 머리가 참 산란하였다。 오늘은 리발을 좀 하리라 생각하고 겸사겸사 고 화장품병들 마개를 뽑고 이것저것 맡아보았다。 한동안 잊어버렸든 향기 가운데서는 몸이 배 배 꼬일 것 같은 체취가 전해나왔다。 나는 안해의 일흠을 속으로만 한 번 불러보았다。「연심²이!」하고……

² 금홍의 본명.

오래간만에 돋뵈기작난도 하였다。 거울작난

도 하였다. 창에 든 볕이 여간 따뜻한 것이 아니었다. 생각하면 오월 아니냐.

나는 커다랗게 기지게를 한 번 펴보고 안해 벼게를 내려 비이고 벌떡 자빠져서는 이렇게도 편안하고 즐거운 세월을 하나님께 흠씬 자랑하야주고 싶었다. 나는 참 세상의 아모것과도 교섭을 갖이지 않는다. 하느님도 아마 나를 칭찬

할 수도 처벌할 수도 없을 것 같다.

그러나 다음 순간 실로 세상에도 이상스러
운 것이 눈에 띄웠다. 그것은 최면약 아달린¹
갑이였다. 나는 그것을 안해의 화장대 밑에서
발견하고 그것이 흡사 아스피린처럼 생겼다고
느꼈다. 나는 그것을 열어보았다. 똑 네 개가
뷔였다.

당시 최면제 상품명.

나는 오늘 아츰에 네 개의 아스피린을 먹은
것을 기억하고 있었다. 나는 잣다. 어제도 그제
도 그끄제도— 나는 졸녀서 견딜 수가 없었다.
나는 감기가 다 나았는데도 안해는 내게 아스
피린을 주었다. 내가 잠이 든 동안에 이웃에 불

58

이 난 일이 있다. 그때에도 나는 자느라고 몰랐다. 이렇게 나는 잣다. 나는 아스피린으로 알고 그럼 한 달 동안을 두고 아달린을 먹어온 것이다. 이것은 좀 너무 심하다.

별안간 아뜩하드니 하마트라면 나는 까므라칠 번하였다. 나는 그 아달린을 주머니에 넣고 집을 나섰다. 그리고 산을 찾어 올라갔다. 인간 세상의 아모것도 보기 싫였든 것이다. 걸으면서 나는 아모쪼록 안해에 관계되는 일은 일체 생각하지 않도록 노력하였다. 길에서 까므라치기 쉬우니까다. 나는 어디라도 양지가 바른 자리를 하나 골라서 자리를 잡아갖이고 서서히 안해에 관하야서 연구할 작정이었다. 나는 길ㅅ가에 돌창¹, 핀 구경도 못한 진 개나리

¹ 도랑창: 불결하고 지저분한 도랑.

꽃, 종달새, 돌멩이도 색기를 까는 이야기, 이런 것만 생각하였다. 다행히 길가에서 나는 졸도하지 않았다.

거기는 뻰취가 있었다. 나는 거기 정좌하고 그리고 그 아스피린과 아달린에 관하야 연구하

였다。그러나 머리가 도모지 혼란하야 생각이 체게를 이루지 않는다。단 오 분이 못 가서 나는 그만 귀찮은 생각이 벗적 들면서 심술이 났다。나는 주머니에서 갖이고 온 아달린을 끄내 남은 여섯 개를 한꺼번에 질겅질겅 씹어 먹어 버렸다。맛이 익살맞다。그리고나서 나는 그 벤취 우에 가로 기다랗게 누었다。무슨 생각으로 내가 그따위 짓을 했나? 알ㅅ수가 없다。그저 그러고 싶었다。나는 게서 그냥 깊이 잠이 들었다。잠ㅅ결에도 바위 틈을 흘으는 물ㅅ소리가 졸 졸 하고 귀에 언제까지나 어렴픗 들려왔다。

내가 잠을 깨였을 때는 날이 환—히 밝은 뒤다。나는 거기서 일주야를 잔 것이다。풍경이 그냥 노—랗게 보인다。그 속에서도 나는 번개처럼 아스피린과 아달린이 생각났다。

아스피린, 아달린, 아스피린, 아달린, 맑스⁝,
마르크스(Marx).
말사스⁝ 마도로스⁝⁝, 아스피린, 아달린。
맬서스(Malthus). 영국 경제학자.

안해는 한달ㅅ동안 아달린을 아스피린이라
선원.
고 속이고 내게 먹였다。그것은 안해 방에서 이

아달린갑이 발견된 것으로 밀우어 증거가 너무나 확실하다.

무슨 목적으로 안해는 나를 밤이나 낮이나 재웠어야 됐나?

나를 밤이나 낮이나 재워놓고 그리고 안해는 내가 자는 동안에 무슨 짓을 했나?

나를 조곰식 조솜식 죽이려든 것일까?

그렇나 또 생각하야보면 내가 한 달을 두고 먹어온 것은 아스피린이었는지도 모른다. 안해는 무슨 근심되는 일이 있어서 밤이면 잠이 잘 오지 않아서 정작 안해가 아달린을 사용한 것이나 아닌지, 그렇다면 나는 좀 미안하다. 나는 안해에게 이렇게 큰 의혹을 갖었었다는 것이 참 안됐다.

나는 그래서 부리낳게 거기서 나려왔다. 아래ㅅ두리가 화화 내어저이면서 어찔어찔한 것을 나는 겨우 집을 향하야 걸었다. 여덟 시 가까이였다.

나는 내 잘못든 생각을 죄다 일러바치고 안

해에게 사죄하려는 것이다. 나는 너무 급해서
그만 또 말을 잊어버렸다.

그랬드니 이건 참 너무 큰일났다. 나는 내
눈으로는 절대로 보아서는 않 될 것을 그만 딱
보아버리고만 것이다. 나는 얼떨결에 그만 냉
큼 미다지를 닫고 그리고 현기증이 나는 것을
진정 식히느라고 잠간 고개를 숙이고 눈을 감

고 기둥을 짚고 섰자니까 일 초 여유도 없이 홱 미다지가 다시 열니드니 매무새를 풀어헤친 안해가 불숙 내밀면서 내 멱살을 잡는 것이다. 나는 그만 어지러워서 게 가 그냥 나둥그러졌다. 그랫드니 안해는 너머진 내 우에 덥치면서 내 살을 함부로 물어뜯는 것이다. 앞아 죽겠다. 나는 사실 반항할 의사도 힘도 없어서 그냥 넙적

업드려 있으면서 어떻게 되나 보고 있자니까 뒤니어 남자가 나오는 것 같드니 안해를 한 아름에 덥썩 안아갖이고 방 안으로 드러가는 것이다. 안해는 아모 말 없이 다소곳이 그렇게 안겨 드러가는 것이 내 눈에 여간 미운 것이 아니다. 밉다.

안해는 너 밤 새어가면서 도적질하러 단이느냐, 계집질하러 단이느냐고 발악이다. 이것은 참 너무 억울하다. 나는 어안이 벙벙하야 도모지 입이 떠러지지를 안았다.

63

　너는 그야말로 나를 살해하려든 것이 아니
냐고 소리를 한 번 찍 질러보고도 싶었으나 그
런 깅가밍가한 소리를 섯불니 입 밖에 내였다
가는 무슨 화를 볼른지 알 수 있나 차라리 억울
하지만 잠잣고 있는 것이 위선 상책일 듯싶이
생각이 들길래 나는 이것은 또 무슨 생각으로
그랬는지 모르지만 툭툭 털고 이러나서 내 바
지 포켙 속에 남은 돈 몇 원 몇십 전을 가만히
끄내서는 몰래 미다지를 열고 살멋이 문ㅅ지방
밑에다 놓고 나서는 나는 그냥 줄다름박질을
처서 나와버렸다.

　여러 번 자동차에 치일 번하면서 나는 그래

도 경성역을 찾어갔다. 뷘 자리와 마조 앉어서
이 쓰디쓴 입맛을 거두기 위하야 무엇으로나
입가심을 하고 싶었다.

커피—。좋다。그렇나 경성역 홀—에 한 거
름을 디려놓았을 때 나는 내 주머니에는 돈이
한 푼도 없는 것을 그것을 깜빡 잊었든 것을 깨
달았다。또 아뜩하였다。나는 어디선가 그저 맥
없이 머뭇머뭇하면서 어쩔 줄을 모를 뿐이었
다。얼빠진 사람처럼 그저 이리 갔다 저리 갔다
하면서……

나는 어디로 어디로 디립ㅅ다 쏘단였는지
하나토 모른다。다만 몇 시간 후에 내가 미쓰꼬

시ː 옥상에 있는 것을 깨달았을 때는 거이 대

미쓰코시(三越): 백화점 이름. 지금의 신세계백화점 건물.

낮이었다.

나는 거기 아모 데나 주저앉어서 내 잘아온 스물여섯 해를 회고하야보았다. 몽롱한 기억 속에서는 이렇다는 아모 제목도 불그러저 나오지 안았다.

나는 또 내 자신에게 물어보았다. 너는 인생에 무슨 욕심이 있느냐고. 그러나 있다고도 없다고도, 그런 대답은 하기가 싫였다. 나는 거이 나 자신의 존재를 인식하기조차도 어려웠다.

허리를 굽혀서 나는 그저 금붕어나 디려다보고 있었다. 금붕어는 참 잘들 생겼다. 작은 놈은 작은 놈대로 큰 놈은 큰 놈대로 다― 싱싱하니 보기 좋았다. 나려 빛이는 오월 햇ㅅ살에 금붕어들은 그릇 바탕에 그림자를 나려트렸다. 지느레미는 하늘하늘 손수건을 흔드는 흉내를 내인다. 나는 이 지느레미 수효를 헤여보기도 하면서 굽힌 허리를 좀처럼 펴지 않았다. 등어리가 따뜻하다.

66

나는 또 회탁의 거리를 나려다보았다. 거
_{잿빛으로 흐린.}
기서는 피곤한 생활이 뚝 금붕어 지느레미처럼
흐늑흐늑 허비적거렸다. 눈에 보이지 안는 끈
적끈적한 줄에 엉켜서 헤어나지들을 못한다.
나는 피로와 공복 때문에 묽어저 드르가는 몸
둥이를 끌고 그 회탁의 거리 속으로 섞겨 들어
가지 않는 수도 없다 생각하였다.

나서서 나는 또 문득 생각하야보았다. 이
발ㅅ길이 지금 어디로 향하야 가는 것인가
를……

그때 내 눈 앞에는 안해의 목아지가 벼락처
럼 나려 떨어졌다. 아스피린과 아달린.

우리들은 서로 오해하고 있느니라. 설마 안
해가 아스피린 대신에 아달린의 정량을 나에게
먹여왔을까? 나는 그것을 믿을 수는 없다. 안
해가 그럴 대체 까닭이 없을 것이니.

그러면 나는 날밤을 새면서 도적질을 게집
질을 하였나? 정말이지 아니다.

우리 부부는 숙명적으로 발이 맞지 않는 절

늠바리인 것이다. 내나 안해나 제 거동에 로짘^{로직(logic)}
을 부칠 필요는 없다. 변해할 필요도 없다. 사
실은 사실대로 오해는 오해대로 그저 끝없이
발을 절뚝거리면서 세상을 거러가면 되는 것이
다. 그렇지 않을까?

　그러나 나는 이 발길이 안해에게로 도라가
야 옳은가 이것만은 분간하기가 좀 어려웠다.

가야 하나? 그럼 어디로 가나?

이때 뚜—하고 정오 싸이렌이 울었다. 사람들은 모도 네 활개를 펴고 닭처럼 푸드덕거리는 것같고 온갖 유리와 강철과 대리석과 지폐와 잉크가 부글부글 끓고 수선을 떨고 하는 것같은 찰나, 그야말로 현란을 극한 정오다.

나는 불연듯이 겨드랑이 가렵다. 아하 그것은 내 인공의 날개가 돋았든 자족이다. 오늘은 없는 이 날개, 머릿속에서는 희망과 야심의 말소된 페—지가 떡슈내리 넘어가듯 번뜩였다.
페이지(page).　　떡셔너리(dictionary).

나는 것든 걸음을 멈추고 그리고 어디 한번

69

이렇게 외쳐보고 싶었다.

날개야 다시 돋아라.

날자. 날자. 날자. 한 번만 더 날자ᄉ구나.

한 번만 더 날아보자ᄉ구나.

(『조광』, 1936. 9.)

봉별기

1

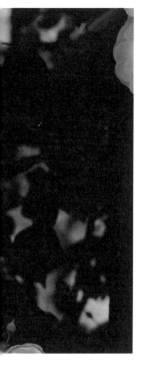

스물세 살이오— 삼월이오— 각혈이다. 여섯 달 잘 길른 수염을 하루 면도칼로 다듬어 코 밑에 다만 나비만큼 남겨가지고 약 한 제 지어 들고 B라는 신개지 한적한 온천으로 갔다. 게서 나는 죽어도 좋았다.

그렇나 이내 아즉 길을 펴지 못한 청춘이 약탕관을 붓들고 늘어저서는 날 살리라고 보채는 것은 어찌하는 수가 없다. 여관 한등寒燈 아래 밤이면 나는 늘 억울해했다.

사흘을 못 참고 기어 나는 여관 주인 영감을 앞장세워 밤에 장고 소리 나는 집으로 찾어갔다. 게서 맞난 것이 금홍이다.

「몇 살인구?」

체대가 비록 풋고초만 하나 깡그라진 게집이 제법 맛이 맵다. 열여섯 살? 많아야 열아홉 살이지 하고 있자니까

「스물한 살이에요」

「그럼 내 나인 몇 살이나 돼 뵈지?」

「글세 마흔? 서른아홉?」

나는 그저 흥! 그래버렸다. 그리고 팔짱을
떡 끼고 앉아서는 더욱 더욱 점잖은 체했다. 그
냥 그날은 무사히 헤어졌건만—

이튿날 화우 K군이 왔다. 이 사람인즉 나
서양화가 구본웅.
와 농하는 친구다. 나는 어쨌는 수 없이 그 나
비 같다면서 달고 다니든 코 밑 수염을 아주 밀
어버렸다. 그리고 날이 저물기가 급하게 또 금
홍이를 맞나러 갔다.

「어디서 뵌 어른 겉은데」

「어쩌녁에 왔든 수염 난 냥반 내가 바루 아
들이지. 목소리꺼지 닮었지?」

하고 익쌀을 부렸다. 주석이 어느듯 파하고 마
당에 나려스다가 K군의 귀에다 대이고 나는 이
렇게 속삭였다.

「어떻? 괜찮지? 자네 한번 얼러보게」

「관두게, 자네나 얼러보게」

76

「어쨌든 여관으로 껄구 가서 짱껭뽕을 해서 정허기루 허세나」

「거 좋지」

그랬는데 K군은 측간에 가는 체하고 피해버렸기 때문에 나는 부전승으로 금홍이를 이겼다. 그날 밤에 금홍이는 금홍이가 경산부[^1]라는 것을 감초지 않았다.

[^1]: 아이를 낳았던 여자.

「언제?」

「열여섯 살에 머리 얹어서 열일곱 살에 낳았지」

「아들?」

「딸」

「어됐나?」

「돌 만에 죽었어」

지어 가지고 온 약은 집어치우고 나는 전혀 금홍이를 사랑하는 데만 골몰했다. 못난 소린 듯하나 사랑의 힘으로 각혈이 다 멈췄으니까—

나는 금홍이에게 노름채[^2]를 주지 않았다. 왜? 날마다 밤마다 금홍이가 내 방에 있거나

[^2]: 화대.

내가 금홍이 방에 있거나 했기 때문에—

그 대신—

우禹라는 불란서 유학생의 유야랑¦을 나는
금홍이에게 권하였다. 금홍이는 내 말대로 우
유야랑(遊冶郎):
유흥이나 도박 따위에 빠진 사람.
씨와 더부러「독탕」에 들어갔다. 이「독탕」이
라는 것은 좀 음란한 설비었다. 나는 이 음란한
설비 문깐에 나란히 버서놓은 우씨와 금홍이
신발을 보고 엱잖아하지 않았다.

나는 또 내 곁방에 와 묵고 있는 C라는 변호
사에게도 금홍이를 권하였다. C는 내 열성에
감동되어 하는 수 없이 금홍이 방을 범했다.

그렇나 사랑하는 금홍이는 늘 내 곁에 있었
다. 그리고 우, C 등등에게서 받은 십 원 지폐
를 여러 장 끄내놓고 어리광석게 내게 자랑도
하는 것이었다.

그리자 나는 백부님 소상¦ 때문에 귀경하지
소상(小祥): 일주기.
않으면 안 되게 되었다. 복송아꽃이 만발하고
정자 곁으로 석간수가 졸 졸 흐르는 좋은 터전
을 한 군데 찾어가서 우리는 석별의 하로를 즐

78

겼다. 정거장에서 나는 금홍이에 십 원 지폐 한 장을 쥐어주었다. 금홍이는 이것으로 전당 잡힌 시계를 찾겠다고 그리면서 울었다.

2

　　금홍이가 내 안해가 되었으니까 우리 내외는 참 사랑했다. 서로 지나간 일은 묻지 않기로 하였다. 과거래야 내 과거가 무엇 있을 까닭이 없고 말하자면 내가 금홍이 과거를 묻지 않기로 한 약속이나 다름없다.

금홍이는 겨우 스물한 살인데 서른한 살 먹은 사람보다도 낳았다. 서른한 살 먹은 사람보다도 낳은 금홍이가 내 눈에는 열일곱 살 먹은 소녀로만 보이고 금홍이 눈에 마흔 살 먹은 사람으로 보인 나는 기실 스물세 살이오 게다가 주책이 좀 없어서 똑 열아믄¹ 살 먹은 아이 같다. 우리 내외는 이렇게 세상에도 없이 현란하고 아기자기하였다.

¹ 여남은. 열 남짓의 수.

부즐없은 세월이—

일 년이 지나고 팔월, 여름으로는 늦고 가을로는 일른 그 북새통에—

금홍이에게는 예전 생활에 대한 향수가 왔다.

나는 밤이나 낮이나 누어 잠만 자니까 금홍이에게 대하야 심심하다. 그래서 금홍이는 밖에 나가 심심치 않은 사람들을 맞나 심심치 않

80

게 놀고 도라오는—

즉 금홍이에 협착한 생활이 금홍이의 향수를 향하야 발전하고 비약하기 시작하얐다는 데 지나지 않는 이야기다.

그런데 이번에는 내게 자랑을 하지 않는다. 않을 분만 아니라 숨기는 것이다.

이것은 금홍이로서 금홍이답지 않은 일일밖에 없다. 숨길 것이 있나? 숨기지 않아도 좋지. 자랑을 해도 좋지.

나는 아모 말도 하지 않는다. 나는 금홍이 오락의 편의를 도웁기 위하야 가끔 P군의 집에 가 잤다. P군은 나를 불상하다고 그랬든가싶이 지금 기억된다.

소설가 박태원.

나는 또 이런 것을 생각하지 않앗든 것도 아니다. 즉 남의 안해라는 것은 정조를 직혀야 하느니라고—

금홍이는 나를 내 나태한 생활에서 깨우치게 하기 위하야 우정 간음하얐다고 나는 호의로 해석하고 싶다. 그렇나 세상에 흔히 있는 안

81

해다운 예의를 직히는 체해본 것은 금홍이로서 말하자면 천려의 일실 아닐 수 없다.

이런 실없은 정조를 간판 삼자니까 자연 나는 외출이 자졌고 금홍이 사업에 편의를 도웁기 위하야 내 방까지도 개방하야주었다. 그러는 중에도 세월은 흘으는 법이다.

하로 나는 제목 없이 금홍이에게 몹시 얻어마졌다. 나는 아파서 울고 나가서 사흘을 들어오지 못했다. 너무도 금홍이가 무서웠다.

나흘 만에 와보니까 금홍이는 때 묻은 버선을 윗목에다 버서놓고 나가버린 뒤었다.

이렇게도 못났게 홀애비가 된 내게 몇 사람의 친구가 금홍이에 관한 불미한 꼬싶을 가지고 와서 나를 위로하는 것이었으나 종시 나는 그런 취미를 이해할 도리가 없었다.

가십(gossip).

뻐스를 타고 금홍이와 남자는 멀리 과천 관악산으로 가는 것을 보았다는데 징말 그렇다면 그 사람은 내가 쪼차가서 야단이나 칠까 봐 무서워서 그린 모양이니까 퍽 겁쟁이다.

3

인간이라는 것은 임시 거부하기로 한 내 생활이 기억력이라는 민첩한 것이 작용하지 않았기 때문에 두 달 후에는 나는 금홍이라는 성명 삼 자까지도 말쑥하게 이저버리고 말았다. 그런 두절된 세월 가운데 하로 길일을 복하야 금홍이가 왕복엽서처럼 도라왔다. 나는 그만 깜짝 놀랐다.

금홍이의 모양은 뜻밖에도 초췌하야 보이는 것이 참 슬펐다. 나는 꾸짓지 않고 맥주와 붕어과자와 장국밥을 사 먹어가면서 금홍이를 위로해주었다. 그렇나 금홍이는 좀처럼 화를 풀지 않고 울면서 나를 원망하는 것이었다. 할 수 없어서 나도 그만 울어버렸다.

「그렇지만 너무 느졌다. 그만해두 두 달지간이나 되지 않니? 헤어지자, 응?」

「그럼 난 어떻게 되우 응?」

「마땅헌 데 있거든 가거라, 응」

「당신두 그럼 장가가나? 응?」

　헤어지는 한에도 위로해 보낼지어다. 나는 이런 양식 아래 금홍이와 이별했드니라. 갈 때 금홍이는 선물로 내게 벼개를 주고 갔다.

　그런데 이 벼개 말이다.

　이 벼개는 이인용이다. 싫대도 작구 떠맡기고 간 이 벼개를 나는 두 주일 동안 혼자 비어 보았다. 너무 길어서 안됐다. 안됐을 뿐 아니라 내 머리에서는 나지 않는 묘한 머리 기름때 내 때문에 안면이 적이 방해된다.

　나는 하로 금홍이에게 엽서를 띠웠다.

　「중병에 걸려 누었으니 얼른 오라」고.

　금홍이는 와서 보니 내가 참 딱했다. 이대로 두었다가는 역시 몇일이 못 가서 굶어 죽을 것 같이만 보였든가 보다. 두 팔을 부르걷고 그날

부터 나서 벌어다가 나를 먹여 살린다는 것이
다.

「오—케—」

인간천국— 그렇나 날이 좀 추었다. 그렇나
나는 대단해 안일하기 때문에 재채기도 하지
않았다.

이러기를 두 달? 아니 다섯 달이나 되나 보
다. 금홍이는 홀연히 외출했다.

달포를 두고 금홍이 「홈—씩ⁱ을 기대하다
홈식(homesick): 향수병.
가 진력이 나서 나는 기명집물을 뚜들겨 팔아
버리고 이십일 년 만에 「집」으로 도라갔다.

와보니 우리 집은 노쇠했다. 이어 불초 이상

은 이 노쇠한 가정을 아주 쑥밭을 만들어버렸다. 그동안 이태가량—

어언간 나도 노쇠해버렸다. 나는 스물일곱 살이나 먹어버렸다.

천하의 여성은 다소간 매춘부의 요소를 품었느니라고 나 혼자는 굳이 신념한다. 그 대신 내가 매춘부에게 은화를 지불하면서는 한 번도 그네들을 매춘부라고 생각한 일이 없다. 이것은 내 금홍이와의 생활에서 얻은 체험만으로는 성립되지 않는 이론같이 생각되나 기실 내 진담이다.

4

나는 몇 편의 소설과 몇 줄의 시를 써서 내 쇠망해가는 심신 우에 치욕을 배가하았다. 이 이상 내가 이 땅에서의 생존을 계속하기가 자못 어려울 지경에까지 이르렀다. 나는 하여간 허울 좋게 말하자면 망명해야겠다.

어디로 갈까. 나는 맞나는 사람마다 동경으

로 가겠다고 호언했다. 그뿐 아니라 어느 친구에게는 전기 기술에 관한 전문 공부를 하려 간다는 둥 학교 선생님을 맞나서는 고급 단식인 쇄술을 연구하겠다는 둥 친한 친구에게는 내오 개 국어에 능통할 작정일세 어쩌구 심하면 법률을 배우겠오까지 허담을 탕 탕 하는 것이다. 왼만한 친구는 보통들 속나 보다. 그렇나 이 헷선전을 안 믿는 사람도 더러는 있다. 하여간 이것은 영영 뷘뷘털털이가 되어버린 이상의 마즈막 공포에 지나지 않는 것만은 사실이겠다.

어느 날 나는 이렇게 여전히 공포를 놓으면서 친구들과 술을 먹고 있자니까 내 어깨를 툭 툭 치는 사람이 있다. 「긴상」[*]이라는 이다.

[*] 김씨(金氏)를 뜻하는 일본어.

「긴상(이상도 사실은 긴상이다) 참 오래감만이수. 건데 긴상 꼭 긴상 함번 맞나 뵙자는 사람이 하나 있는데 긴상 이 어떻거시려우」

「거 누군구. 남자야? 여자야?」

「여자니까 일이 재미있지 않으냐 거런 말야」

87

「여자라?」

「긴상 옛날 옥상[‡]」

오쿠상(奧樣): 일본어로 '부인'.

금홍이가 서울에 나타났다는 이야기다. 나타났으면 나타났지 나를 왜 찾누?

나는 긴상에서 금홍이의 숙소를 알아가지고 어쩔 것인가 망설렸다. 숙소는 동생 일심이 집이다。

드디어 나는 맞나보기로 결심하고 그리고 일심이 집을 차저가서

「언니가 왔다지?」

「어유— 아제두, 도라가신 줄 알았구려! 그래 자그만치 인제 온단 말슴유, 어서 드로수」

금홍이는 역시 초췌하다. 생활 전선에서의 피로의 빛이 그 얼골에 여실하였다.

「네눔 하나 보구저서 서울 왔지 내 서울 뭘 허려 왔다디?」

「그리게 또 난 이렇게 널 차저오지 않았니?」

「너 장가갔다드구나」

「애 디기 싫다. 그 육모초 겉은 소리」

「안 갔단 말이냐 그럼」

「그럼」

당장에 목침이 내 면상을 향하야 날라들어왔다. 나는 예나 다름없이 못났게 웃어주었다.

술상을 보왔다. 나도 한 잔 먹고 금홍이도 한 잔 먹었다. 나는 영변가를 한 마디 하고 금홍이는 육자백이를 한 마디 했다.

밤은 이미 깊었고 우리 이야기는 이게 이생에서의 영이별이라는 결론으로 밀려갔다. 금홍이는 은수저로 소반전을 딱 딱 치면서 내가 한번도 들은 일이 없는 구슬픈 창가를 한다.

「속아도 꿈결 속여도 꿈결 구비구비 뜨내기 세상 그늘진 심정에 불질러버려라 운운」

(『여성』, 1936. 12.)

(유고)

단발

그는 쓸데없이 자기가 애정의 거자^{遷者}인
것을 자랑하려들었고 또 그러지 않고 그냥 있
을 수가 없었다.

심부름꾼.

공연히 그는 서먹서먹하게 굴었다. 이렇게
함으로 자기의 불행에 고귀한 탈을 씌워놓고
늘 인생에 한눈을 팔자는 것이었다.

이런 그가 한 소녀와 천변을 걸어가다가 그
만 잘못해서 그의 소녀에게 대한 애욕을 지꺼
려버리고 말았다.

여기는 분명히 그의 음란한 충동 외에 다른
아모런 이유도 없다. 그렇나 소녀는 그의 강렬
한 체취와 악의의 태만에 역설적인 흥미를 느
끼느라고 그냥 그저 흐리멍텅하게 그의 애정을
용납하였다는 자세를 취하야두었다. 이것을 본
그는 곧 후회하였다. 그래서 그는 이중의 역설
을 구사하야 동물적인 애정의 말을 거침없이 소
녀 앞에 쏟고 쏟고 하였다. 그렇면서도 그의 육
체와 그 부속품은 이상스러울 만치 게을렀다.

소녀는 조곰 왔다가 이 드믄 애정의 형식에

95

그만 갈팡질팡하기 시작하였다。 그리고는 내심이 남자를 어디까지든지 천하게 대접했다。 그랬드니 또 그는 올치하고 카멜레온처럼 태도를 바꾸어서 소녀에게 하로라도 얼른 애인이 생기기를 히망한다는 둥 하야가면서 스스롭게 구는 것이였다。

소녀의 눈은 이런 허위가 그대로 무사히 지내갈 수가 없었다。 투시한 소녀의 눈이 오만을 장치하기 시작하였다。 그렇기 위한 세상의「교심驕心﹔한 여인」으로서의 구실을 찾어노코 소녀는 빙그레 웃었다。

잘난 체하며 뽐내는 마음.

「세상 사람들이 모두 연씨衍氏를 욕허니까 어디 제가 고쳐디리지요。 연씨는 정말 악인인지두 모르니까요。」

이런 소녀의 말버릇에 그는 가슴이 뜩금했다。 그냥 코우슴으로 대접할 일이 못 된다。 왜? 사실 그는 무슨 그렇게 세상 사람들에게 욕을 먹고 있는 것도 아닐 뿐만 아니라 악인일 것도 없었다。 말하자면 애호하는 가면을 도적을

맞는 우에 그 가면을 뒤집어 이용당하면서 놀
림ㅅ감이 되고 말 것밖에 없다.

그렇나 그라고 해서 소녀에게 자그만한 욕
구가 없는 바는 아니었다. 아니 차라리 이것은
한 무적「에고이스트」가 할 수 있는 최대 욕구
이었는지도 모른다.

그는 결코 고독 가운데서 제법 하수下手す할
<small>손을 대서 직접 사람을 죽임.</small>
수 있는 진짜 염세주의자는 아니었다. 그의 체
취처럼 그의 몸뚱이에 부터 다니는 염세주의라
는 것은 어디까지든지 게으른 성격이요 게다가
남의 염세주의는 어느 때나 우습게 알려드는
참 고약한 아리아욕我利我慾의 염세주의였다.

죽엄은 식전의 담배 한 목음보다도 쉽다. 그
렇건만 죽엄은 결코 그의 창호를 두드릴 리가
없으리라고 미리 넘겨집고 있는 그였다. 그렇
나 다만 하나 이 예외가 있는 것을 인정한다.

A double Suicide す
<small>정사, 동반자살.</small>
그것은 그렇나 결코 애정의 방해를 받아서
는 안 된다는 조건이 붙는다. 다만 아모것도 이

97

해하지 말고 서로서로 「스푸링 보—드」 노릇만 하는 것으로 충분히 이용할 것을 희망한다. 그들은 또 유서를 쓰겠지. 그것은 아마 힘써 화려한 애정과 염세의 문자로 가득 차도록 하는 것인가 보다.

이렇게 세상을 속이고 일부러 자기를 속임으로 하야 본연의 자기를 얼른 보기에 고귀하게 꾸미자는 것이다. 그렇나 가뜩이나 애정이라는 것에 서먹서먹하게 굴며 생활하야오고 또 오는 그에게 고런 마침 기회가 올까 싶지도 않다.

당연히 오지 않을 것인데도 뜻밖에 그가 소

녀에게 갖이는 감정 가운데 좀 세속적인 애정에 가까운 요소가 석긴 것을 알아채리자 그 때문에 몹시 자존심이 상하지나 않었나 하고 위구危懼¹하고 또 쩔쩔매었다。 이것이 엔간ㅎ지

¹ 염려하고 두려워함.

않은 힘으로 그의 정신 생활을 서뿔리 건드리기 전에 다른 가장 유효한 결과를 예기하는 처벌을 감행ㅎ지 않으면 안 될 것을 생각하고 좀 무리인 줄은 알면서 노름하는 세음치고 소녀에게 Double Suicide를 「푸로포─스」하야본 것이었다。

되어도 그만 안 되어도 그만 편리한 도박이다。 되면 식전에 담배 한 목음이오, 안 되면 소녀를 회피하는 구실을 내외에 선고할 수 있지 않으냐는 것이다。

거기는 좀 너무 어둔 그런 속에서 그것은 조인²된 일이라 소녀가 어떤 표정을 하나 자세

² 약속한 문서에 도장을 찍음.

히 볼 수는 없으나 그의 이런 도박적 심리는 그의 앞에서 늘 태연한 이 소녀를 어디 한번 마음ㅅ것 놀려먹을 수 있었대서 속으로 시원해하

였다. 그런데 나온 패는 역시 「노―」였다. 그는 후― 한번 한숨을 쉬어보고 말은 없이 몸짓으로만

「혼자 죽을 수 있는 수양을 허지」

이렇게 한번 배를 투겨보았다. 그렇나 이것 역시 빨간 그짓인 것은 물론이다.

황량한 방풍림 가운데 저녁노을을 멀건히 바라보고 섰는 소녀의 모양이 퍽 앞았다.

늦은 가을이라기보다 첫 겨울 저물게 강을 건너서 부첩注과 같은 검은빛 새들이 떼를 지어 날랐다. 그렇나 발

후쵸(符牒): 일본어로 '암호', '부호', '은어'로 짐작됨.

아래 낙엽 속에서 거이 생물이랄 만한 생물을 찾어볼 수좇아 없는 참 적멸의 인외경人外境이었다.

「싫ㅅ습니다. 불행을 질머지고 살아가는 것이 제게는 더없는 매력입니다. 그렇게 내어버리구 싶은 생명이거든 제게 좀 빌려주시지요」

100

연애보다도 한 구句 윗티씀을 더 좋아하는

위티시즘(witticism): 재담.

그였다. 그런 그가 이때만은 풍경에 자칫하면

패북할 것 같기만 해서 갈팡질팡 그 자리를

패배(敗北).

피해보았다.

소녀는 그때부터 그를 경멸하였다는이보다

는 차라리 염오하는 편이었다。 그의 틈사구니

마음에 들지 않고 미워함.

투성이의 점잔으려는 재능을 걸핏하면 향하여

소녀의 침착한 재능의 창 끝이 걸핏하면 침략하야왔다.

오월이 되어서 한 돌발 사건이 이들에게 있었다. 소녀의 오빠가 소녀로부터 이반離反[1]하였다는 것이다. 오빠에게 소녀보다 세속적으로 훨씬 아름다운 애인이 생긴 것이다. 이 새 소녀는 그 오빠를 위하야 애정에 빛나는 눈동자를 갖었다. 이 소녀는 소녀의 가까운 동무였다.

오빠에게 하로라도 빨리 애인이 생겼으면 하고 바랬고 그래서 동무가 오빠를 사랑하였다고 오빠가 동생과의 굳은 약속을 저버려야 되나?

소녀는 비로서 「세월」이라는 것을 느꼈다. 소녀의 방심을 어느 곁에 통과해버린 「세월」의 소녀로서는 차라리 자신에게 고소하였다.

고독— 그런 어느 날 밤 소녀는 고독 가운데서 그만 별안간 혼자 울었다. 깜짝 놀라 얼른 우름을 끊혔으나 이것을 소녀는 자기의 어휘로 설명할 수 없었다.

[1] 서로 사이가 벌어져 등지거나 저버림.

102

이튿날 소녀는 그가 하자는 대로 교외 조용
한 방에 그와 대좌하야 보았다. 그는 또 그의
「윗티씀」과 「아이로니」를 아모렇게나 휘두르며
산비酸鼻⁺할 연막을 펴는 것이었다. 또 가장 이
　　슬퍼서 콧마루가 시큰함.
소녀가 싫어하는 몸맵시로 넙적 드러누어서 그
냥 장정 없이⁺ 지꺼료대는 것이다. 이런 그 앞
　　규칙 없이. 되는 대로.
에서 소녀도 인제는 어지간히 피곤하였든지 이
런 소용없는 감정의 시합은 여기쯤서 그만두어
야겠다고 절실히 생각하는 모양 같았다. 그렇
나 이런 경우에 소녀는 그에게보다도 자기 자
신에게 이기고 싶었다.

　「인제 또 만나 뵙기 어려워요。 저는 내일 E

하구 같히 동경으루 가요」

이렇게 아주 순량하게 도전하야보았다. 그때 그는 아마 이 도전의 상대가 분명히 그 자신인 줄만 잘못 알고 얼른 목아지털을 불끈 이르키고 맞선다.

「그래? 그건 섭섭허군. 그럼 내 오늘 밤에 기렴 스탐프¹를 하나 찍기루 허지」

¹ 기념 스탬프.

소녀는 가벼히 흥분하였고 고개를 아래 우흐로 흔들어 보이기만 하였다. 얼골이 소녀가 상기한 탓도 있었겠지만 암만 보아도 이것은 가장 동물적인 동물 이외의 아모것도 아니었다.

맞으막 승부를 가릴 때가 되었나 보다. 소녀는 도리혀 초조하면서 기다렸다. 즉 도박적인 「성미」로!

(도박은 타기¹와 모멸!뿐이려나 보다)

¹ 더럽게 여기거나 업신여겨 돌아보지 않고 버림.

(그가 과연 그의 훈련된 동물성을 갖이고 소

녀 옷에 스탐프를 찍거든 소녀는 그가 보는 데
의 그 스탐프와 얼골 옷에 춤ᅵ을 뱃는다.
침.

그가 초조하면서도 결백한 체하고 말거든
소녀는 그의 비겁한 정도와 추악한 가면을 알
알히 폭로한 후에 소인少人으로 천대해준다。)

그렇나 아마 그가 좀 더 웃길 가는 배우였든
지 혹 가련한 불감증이었던지 오전 한 시가 훨
신 지난 산길을 달빛을 받으며 그들은 나려왔
다。나려오면서—

어느 날 그는 이 길을 이렇게 나려오면서 소
녀의 삼전三錢우표처럼 얇팍한 입술에 그의 입
술을 건드려본 일이 있었건만 생각하야보면 그
것은 그저 입술이 서로 다았었다뿐히지— 아니
역시 서로 음모를 내포한 암중모색이었다。두
사람은 서로 그리 부드럽지도 않은 피부를 느
끼고 공기와 입술과의 딱근한 맛은 이렇게 다
르고나를 시험한 데 지나지 않었다。

이밤 소녀는 그의 거츠른 행동이 몹시 기다

105

려졌다. 이것은 거의 역설적이었다. 않 만나기
는 누가 않 만나— 하고 조심조심 걷는 사이에
그만 산길은 시가에 끝나고 시가도 그의 이런
행동에 과히 적당ㅎ지 않다.

소녀는 골목 밖으로 지나가는 자동차의 「헤
드라이트」를 보고 경칠 나 쪽에서 서둘러볼가
까지 생각하야도 보았으나 그는 그렇게 초조한
듯한데 그때만은 웬일인지 바늘귀만 한 틈을
소녀에게 엿보이지 않는다. 그렇느라고 그랬는
지 걸으면서 그는 참 잔소리를 퍽 하였다.

「가량 자기가 제일 싫어하는 음식물을 상 찌
푸리지 않고 먹어보는 거 그래서 거기두 있는
「맛」인 「맛」을 찾아내구야 마는 거, 이게 말하
자면 「파라독스」지. 요컨댄 우리들은 숙망적으
로 사상, 즉 중심이 있는 사상 생활을 할 수가
없도록 돼먹었거든. 지성— 흥 지성의 힘으로
세상을 조롱할 수야 얼마든지 있지, 있지만 그
게 그 사람의 생활을 「리—드」할 수 있는 근본
에 있을 힘이 되지 않는 걸 어떻거나? 그러니

106

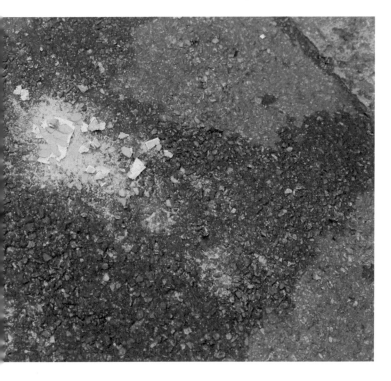

까 선仙이나 내나 큰소리는 말아야 해。 일체 맹
세하지 말자— 허는 게 즉 우리가 해야 할 맹세
지。」

소녀는 그만 속이 발근 뒤집혓다。 이 씨름은
결코 여기서 그만둘 것이 않이라고 내심 분연
하였다。 이따위 연막에 대항하기 위하야는 새
롭고 효과적인 엔간ㅎ지 않은 무기를 작만하지

않을 수 없다. 생각해두었다.

　또 그 이튿날 밤은 질척질척 비가 나렸다.
그 비ㅅ속을 그는 소녀의 오빠와 걷고 있었다.
　「연衍! 인젠 내 힘으로는 손을 대일 수가 없
게 되구 말았으니까 자넨 뒤ㅅ갈망이나 좀 잘
해주게 선이가 대단히 흥분한 모양인데—」

「그건 왜 또?」

「그건 왜 딴전을 허는 거야」

「딴전을 허다니 내가 어떻게 딴전을 했단 말인가?」

「정말 모르나?」

「뭐를?」

「내가 E허구 거치 동경 간다는 걸—」

「그걸 자네 입에서 듯기 전에 내가 어떻게 안단 말인가?」

「선이는 그렇니까 갈 수가 없게 된 거지. 선이허구 E허구 헌 약속이 나 때문에 깨어졌으니까.」

「그래서」

「게서버텀은 자네 책임이지」

「흥」

「내가 동생버덤 애인을 더 사랑했다구 그렇게 선이가 생각헐가 봐서 걱정이야.」

「허는 수 없지.」

「선이— 오빠에게서 모든 이야기를 듯고 나는 참 깜짝 놀랐소。오빠도 그립디다— 운명에 억찌로 거역하려들어서는 못쓴다고。나도 그렇게 생각하오。

나는 오랫동안 「세월」이라는 관념을 망각해 왔오。이번에 참 한참 만에 느끼는 「세월」이 픽 슯었오。모든 일이 「세월」의 마음으로부터의 접대에 늘 우리들은 다 조신하게 제 부서에 나아가야 하지 않나 생각하오。흥분하지 말어요。

아모쪼록 이제붙어는 내게 괄목하면서 나를 미더주기 바라오。그 맨 처음 선물로 우리 같이 동경 가기를 내가 「푸로포—쓰」할가? 아니 약속하지。선이 안 기뻐하야준다면 나는 나 혼자 힘으로 이것을 실현해 보이리다。

그럼 선이의 승낙서를 기다리기로 하오。」

그는 좀 겸연적은 것을 참소고 어쨌든 이 편지를 포스트에 넣었다。저로서도 이런 협기가 우스꽝스러웠다. 이 소녀를 건사한다?—당분간만 내게 의지하도록 해?—이렇게 수작을 해 갖이고 소녀가 듯나 안 듯나 보자는 것이었다. 더 그에게 발악을 하려들지 않을 만하거든 그는 소녀를 한 마리 「카나리아」를 놓아주듯이 그의 「윗티쓤」의 지옥에서 석방— 아니 제풀에 나가나? 어쨌든 소녀는 길게 그의 길에 같이 있을 것은 아니니까다. 답장이 왔다.

「처음부터 이렇게 되었어야 하지 않았나요? 저는 지금 조금도 흥분하거나 하지는 않았읍니다. 이런 제가 연께 감사하다고 말씀드린다면 연께서는 역정을 내이시나요? 그럼 감사한다는 기분만은 제 기분에서 삭제하기로 하지요.

연을 마음에 드는 좋은 교수로 하고 저는 연의 유쾌한 강의를 듯기로 하렵니다. 이 교실에서는 한 폭독한 교수가 사나운 목소리로 무엇인가를 강의하고 있다는 것을 안 지는 오래지만 그 문간에서 머웃머웃하면서 때때로 창틈으로 새어나오는 교수의 「윗티씀」을 귀ㅅ결에 들었다뿐이지 참아 쑥 드러가지 못하고 오늘까지 왔읍니다. 그렇지만 지금은 벌서 드러와 앉었읍니다. 자— 무서운 강의를 어서 시작해주시지요. 강의의 제목은 「애정의 문제」인가요. 그렇지 않으면 「지성의 극치를 흘낏 디려다보는 이야기」를 하야주시나요.

엇그제 연을 속였다고 너무 꾸지람은 말아주세요. 오빠의 비장한 출발을 가치 축복하야 주어야겠지요. 저는 결코 오빠를 야속하게 역인다거나 하지 않아요. 애정을 계산하는 버릇은 언제든지 미움받을 버릇이라고 생각하니까요. 「세월」이요? 연께서 가르쳐주셔서 참 비로소 이 「세월」을 느꼈읍니다. 「세월」! 좋군요— 교수—, 제가 제맘대로 교수를 사랑해도 좋지요? 않 되나요? 괜찮지요? 괜찮겟지요 뭐?

단발했읍니다. 이렇케도 흥분하지 않는 제

자신이 그냥 미워서 그랬읍니다.」

단발? 그는 또 한 번 가슴이 뜨끔했다. 이 편지는 필시 소녀의 패북을 의미하는 것인데 그에게 의논 없이 소녀는 머리를 짤랐으니. 이 것은 새로워진 소녀의 새로운 힘을 상증하는 것일 것이라고 간파하였다. 그렇면서도 그는 눈물이 났다. 왜?

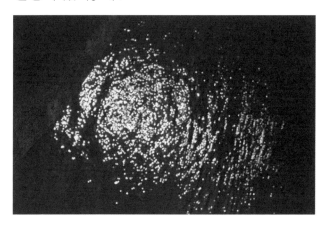

머리를 잘을 때의 소녀의 마음이 필시 제 마음 가운데 제 손으로 제 애인을 하나 만드러놓고 그 애인으로 하야금 저에게 머리를 잘르도록 명령하게 한, 말하자면 소녀의 끝없는 고독

이 소녀에게 일인이역을 식힌 게에 틀님없었다.

소녀의 고독!

혹은 이 시합은 승부 없이 언제까지라도 계속하려나— 이렇게도 생각이 들었고— 그것보다도 머리를 싹뚝 잘르고 난 소녀의 얼골— 몸 전체에서 오는 인상은 어떻할까 하는 것이 차

라리 더 그에게는 흥미 깊은 위선 유혹이었다.

(『조선문학』, 1939. 4.)

지음 이상

소설가/시인

1910년 서울(당시 경성부) 출생. 본명 김해경. 보성고보, 경성고등공업학교를 졸업하고 조선총독부 내무국 건축과 기사로 일했다. 1930년 처녀작 「12월 12일」을 『조선』에 연재, 1934년 9인회에 입회, 1936년 일본 동경으로 가 「날개」, 「봉별기」 등을 집필, 이듬해 그곳에서 세상을 떠났다. 스스로를 '19세기와 20세기 틈사구니에 끼어 졸도하려드는 무뢰한'이라고 평했다.

사진 이하영

광고기획자/아마추어사진가

1983년 서울 출생. 홍익대학교에서 광고홍보학과 영상영화디자인을 전공. 광고대행사 TBWA 코리아에서 광고기획자로 재직 중. 사진이 순간의 마음을 담기를 바라며 미놀타와 롤라이, 라이카의 셔터를 누르고 있다.